PUBLICATION DE LA SOCIÉTÉ DES ARCHIVES HISTORIQUES
DE LA SAINTONGE ET DE L'AUNIS

# TROIS CHARTES

## SAINTONGEAISES

SUR LA SAINTE LARME DE VENDOME

Publiées par M. l'abbé Ch. Métais

LA ROCHELLE
IMPRIMERIE NOUVELLE NOEL TEXIER
—
1891

# TROIS CHARTES SAINTONGEAISES

SUR LA SAINTE LARME DE VENDÔME [1].

(1275-1322)

Publiées par M. l'abbé Ch. MÉTAIS.

———

Bien qu'inédites, les trois chartes que nous publions aujour-
d'hui, n'étaient pas inconnues. Les bénédictins de la congrégation de Saint-Maur, après leur introduction dans l'abbaye de
la Trinité de Vendôme (1621), se livrèrent à une étude approfondie
du riche chartrier de leur nouveau monastère. Les documents
relatifs à la sainte Larme avaient surtout pour eux un intérêt
majeur. La polémique, soulevée par l'abbé Thiers, augmenta
encore l'importance de semblables pièces. On pourrait donc se
demander pourquoi nos savants bénédictins n'ont pas livré à
la publicité celles qui nous occupent en ce moment.

L'abbé Thiers niait l'antiquité du culte de la sainte Larme.
Il importait donc de publier les documents les plus anciens.
Les recherches faites alors firent découvrir les chartes de Jean
« Crassus » ou Jean le Gros (1160 à 1186), « Omnibus posteris »,
et de Bouchard, comte de Vendôme, « Ego Burchardus » (1195),

———

1. Sur la sainte Larme de Vendôme, consulter les différentes histoires qui
en ont été publiées par les bénédictins ; la dissertation *Sur la sainte
Larme*, etc., de l'abbé Thiers, 1699 ; la réponse de dom Mabillon (*Lettre
d'un bénédictin à M. l'évêque de Blois*), 1700; l'*Histoire du Vendômois*,
par M. de Pétigny; les *Bulletins* de la société archéologique du Vendômois,
1873, 1880, 1883 ; *Notes critiques sur l'histoire de la sainte Larme*,
par l'abbé de Préville ; *Les processions de la sainte Larme*, à Vendôme,
par l'abbé Métais ; *Histoire de la sainte Larme*, par D. Germain Millet,
avec une préface et des notes, par l'abbé Métais, 1891, etc.

que Mabillon inséra dans sa *Lettre à l'évêque de Blois*. Les nôtres étaient plus récentes, 1275 à 1322 ; elles n'avaient donc pas la même importance dans le débat ; de plus, leur étendue devenait une véritable difficulté.

L'histoire de la sainte Larme, composée par dom Germain Millet, ou dom Claude Martin, et publiée en 1656, cite deux de ces chartes au chapitre x°, mais d'une manière peu fidèle et pour la date et pour le texte [1].

Un inventaire des chartes de la Trinité, conservé à la bibliothèque nationale, en donne un résumé latin très précis, que nous publierons en note pour chacune d'elles.

Pour nous, ces documents ont un intérêt particulier. Ils prouvent d'abord la diffusion du culte de la sainte Larme : car les donateurs sont de la Saintonge, de l'île d'Oleron. De plus, elles sont les seules chartes, conservées désormais dans leurs originaux, ayant rapport à la célèbre relique, et sous ce rapport elles sont réellement précieuses.

Dans deux de ces chartes, les donateurs ne font pas seulement le sacrifice de leurs biens; mais ils aliènent même leur liberté, et se donnent eux-mêmes corps et âme, « nos et quemlibet nostrum, corpore et anima. » C'était donc le véritable servage en l'honneur de la sainte Larme : car ce n'est pas seulement à Dieu qu'on se donne, mais aussi à la sainte Larme, « Deo patri et gloriosissime Lacrime Christi. » Enfin, toutes les précautions désirables sont prises pour assurer la validité

---

1. Voici ce chapitre: « Donations faites au monastère de Vendôme, en considération de la sainte Larme. Voici deux donations faites par des personnes bien éloignées de Vendôme, qui ont la même croyance que le comte Bouchard pour la sainte Larme ; mais d'autant que la teneur en est longue, je n'en rapporterai que le sens. La première est d'une dame nommée Meagde, veuve de J. Raimbault, du lieu d'Iliers près Marennes, au diocèse de Poitiers, et Geoffroy, son fils, et d'une autre dame nommée Théophanie, qui, l'an 1263, donnèrent à Dieu et à la sainte Larme de Jésus-Christ, et au monastère de la Sainte-Trinité de Vendôme, tous leurs biens, meubles et immeubles, présents et à venir, pour être à jamais possédés par les religieux dudit monastère. L'autre donation est de J. Pépin et de J. Forêt, sa femme, de la paroisse de Monstierneuf ; lesquels, l'an 1322, firent une même donation que les sus-nommés, de tous leurs biens présents et à venir, à Dieu et à la sainte Larme, et au prieuré de Monstierneuf, au diocèse de Xaintes, dépendant de l'abbaye de Vendôme, où demeuroit alors frère J. Bordier, ès mains duquel ledit Pépin et sa femme firent cette donation. »

et l'inviolabilité de la donation. Les bienfaiteurs tiennent à établir qu'ils ont agi en toute connaissance de cause et en pleine et entière liberté : « Non coacti, non seducti, nec vi, nec metu, nec dolo ducti, sed voluntate spontanea et deliberatione prehabita diligenti. » Ils conserveront la jouissance de leurs biens leur vie durant, mais promettent de les bien cultiver et d'en augmenter la valeur autant que faire se pourra, et prêtent serment, sur les saints évangiles, d'accomplir inviolablement leur promesse. Puis, en présence de témoins, ils font authentiquer l'acte par l'archidiacre diocésain, qui appose le sceau de l'officialité, en la manière accoutumée. Deux de ces pièces possèdent encore sur lacs en soie, ou double queue en parchemin, des restes de ces sceaux, malheureusement trop incomplets. Nous reproduisons donc ici les originaux eux-mêmes, conservés dans les cartons de la Trinité, aux archives départementales de Loir-et-Cher. Ils ont échappé au bûcher de 1793, grâce à leur qualité de titres de biens territoriaux.

Le texte latin est facile et correct, l'écriture est nette et porte tous les caractères de l'époque. Une de ces chartes en particulier a été faite avec un soin minutieux ; c'est un vrai petit chef-d'œuvre de l'écriture courante de la fin du XIIIe siècle. Les abréviations, dans le corps comme à la terminaison, se rencontrent, pour ainsi dire, à chaque mot. La ponctuation est presque nulle; nous avons dû y suppléer. Enfin les formules générales de ces trois actes sont presque identiquement les mêmes.

Voici le résumé succinct de ces trois chartes :

La première est du mois de mars 1275 [1]. L'auteur de l'*Histoire de la sainte Larme* en a fait un précis assez complet, cité plus haut. Il oublie cependant un point important. Aleayde Rembault, son fils Geoffroy et Théophanie Ragindèle donnent en toute propriété, à Dieu le père, à la très glorieuse Larme du Christ, au monastère de la Sainte-Trinité et au prieuré de Monstierneuf, près Saint-Aignan, diocèse de Saintes, leur propre personne, corps et âme, et tous leurs biens meubles et

---

1. L'*Histoire de la sainte Larme*, citée plus haut, met par erreur *1263*. De même, l'auteur peu expérimenté, réunissant les jambages de l'A et de L, en a fait un M, et a lu *Meagde*, au lieu de *Aleayde* (*alias* Alearde), lecture qui n'est pas douteuse. Enfin, c'est encore à faux qu'il place Iliers dans l'ancien diocèse de Poitiers.

immeubles, présents et futurs, afin de jouir des biens spirituels si grands et si nombreux dans la dite abbaye. Ils firent authentiquer l'acte de donation par Pierre Viger, archidiacre de Saintes.

La seconde, qui n'est pas mentionnée dans l'*Histoire de la sainte Larme*, est du mercredi après la fête des apôtres Pierre et Paul, 1282 [1]. Maître Barthélemy l'Anglois, clerc « *de Exonia* (?) » et Jeanne Chezaga, son épouse, du château d'Oleron, diocèse de Saintes, pour le salut de leur âme et de leurs parents défunts, donnent à Dieu le père, et à la très glorieuse Larme du Christ, au monastère de la Sainte-Trinité, et au prieuré de Saint-Nicolas d'Oleron, leurs moulins de mer, *marina*, appelés moulins « *Abbaysse-orgueil* », situés en Oléron, entre ledit prieuré et le bourg et la forêt d'Availles, à condition qu'ils en jouiront pendant leur vie. Ils firent sceller l'acte par G., évêque de Saintes.

La troisième, résumée par l'historien de la sainte Larme, est la donation faite pour Jehan Pépin, autrement dit Piard, et Jehanne Forest son épouse, paroissiens de Montierneuf, à Dieu et à la très glorieuse Larme du Christ, au monastère de la Sainte-Trinité, et à son prieuré de Montierneuf, près de Saint-Aignan, diocèse de Saintes, de leur propre personne, corps et âme, et de tous leurs biens, meubles et immeubles, présents et futurs, à condition de jouir, leur vie durant, de ces mêmes biens. La donation est faite entre les mains de frère Jehan Border, neveu du vénérable Jacques, prieur de Montierneuf, et scellée du sceau de vénérable seigneur Arnault, archidiacre de Saintes, en présence de plusieurs témoins, le mardi avant la fête de la purification de Marie, l'an 1322 [2]. L'acte fut écrit par Etienne Thibauld (Theobaldi), prêtre.

Le style, les idées, les sentiments de foi donnent à ces chartes un véritable attrait. Nul doute que les donateurs ne soient venus jadis en pèlerinage à Vendôme, et n'aient été favorisés d'une grâce extraordinaire, par l'intermédiaire de la sainte relique. Se laissant aller à l'enthousiasme de leur reconnaissance et de leur foi, ils se sont spontanément donnés, eux et leurs biens, à Dieu et à sa très glorieuse Larme.

---

1. La fête des saints Pierre et Paul, arrivant le 29 juin, tombait en 1282, un lundi ; notre acte est donc du mercredi 1er juillet 1282.

2. La purification tombait en 1322 le mardi 2 février ; l'acte est donc du mardi 26 janvier 1322.

# I

*1275, mars.* — Donation par Alearde Rembaud, Geoffroy, son fils, et Théophanie Ragindelle, de tous leurs biens à la Trinité de Vendôme, en l'honneur de la sainte Larme et au prieuré de Montierneuf, près de Saint-Aignan [1]. — *Original sur parchemin aux archives départementales de Loir-et-Cher. Scellé d'un sceau en cire verte brisé par la moitié, sur double laz en soie rouge.*

Universis christi fidelibus, presentes litteras inspecturis, ego Aleaydis Rembaude, relicta Johannis Rembaudi deffuncti, de Hyers [2], prope Marempniam, et Gauffridus Rembaudius, filius eius, ciusdem loci, et Theophania, dicta Ragindele, salutem in eo, qui salutem desiderat animarum. Quoniam hominum statuta mortalium quamcicius a memoria laberentur, nisi litterarum testimonio firmarentur, universis et singulis volumus fieri manifestum, quod nos Aleaydis, Gauffridus et Theophania predicti, bonorum magnitudinem spiritualium cordetenus attendentes, que fiunt semper et fient in sancte Trinitatis monasterio Vindocini, simul et in om-

---

1. Titre inscrit au dos de la charte. *Ibidem*, plus bas, on lit : « Apud monasterium novum erant monachi cum priore » ; et plus bas : « Littere maresiorum et aliarum rerum quas tenemus in Hyers. »

Voici maintenant deux résumés officiels de cette charte : « Littera per quam Aleadis Rembaude et Gauffridus Rembaudj et Theophania Ragindele dederunt se et sua Vindocinensi monasterio et prioratuj Monasterij nouj in nomine Domini et sancte Lacrime Christi, m° cc° septuagesimo quinto. » — *Inventaire des chartes de la Trinité, conservé à la bibliothèque de Vendôme.*

« Aliecis Rembaude, relicta Johannis Rembaudi de Hyers, et Gaufridus ejus filius et Teophania Ragindele dant Deo patri, inquit, et gloriosissimæ Lacrimæ Christi et S. Trinitatis monasterio vindocinensi et prioratuj monasterij novj prope S. Anianum, diocesis Xantonensis, se et sua omnia bona presentia et futura et sigillo archidiaconi Xantonensis muniri fecere. ». — *Bibliothèque nationale, fonds latin 13,820.*

2. Aujourd'hui Iliers-Brouage, commune du canton et arrondissement de Marennes, à 5 kilomètres de cette ville.

nibus membris [1] ejus, cordis affectu immo bonorum ipsorum participes fieri cupientes, non coacti, non seducti, nec vi, nec metu, nec dolo ducti, sed voluntate spontanea, et

---

1. Le « membre » le plus important de l'abbaye de la Trinité de Vendôme, dans le diocèse de Saintes, était le prieuré de Saint-Georges d'Oleron dont le revenu s'élevait à 10,000 livres. Par un concordat daté de 1515, les biens du prieuré étaient divisés en deux parts : l'une pour le prieur, l'autre pour l'abbé pour un tiers. D'après Bonnerot (*Pouillé du diocèse de Saintes*), Léon de Beaumont, évêque de Saintes, unit ce prieuré, en 1741, à la mense capitulaire de Tours. A quelle époque cette « union » devait-elle prendre date ? Pas immédiatement après la décision épiscopale, car d'après le décret royal elle ne devait s'effectuer qu'après la mort des deux titulaires. Aussi le 3 août 1751, « haut et puissant seigneur messire Antoine du Bois de La Rochette, chevalier de l'ordre de Saint-Jean de Jérusalem, seigneur, prieur, commendataire du prieuré de Saint-Georges en l'isle d'Oleron, » accorde à maître Pierre Godeau et à Jean Pépounet, juge et procureur fiscal de la châtellenie de Saint-Georges, devant Gillis, notaire royal, baillette de divers immeubles, à la charge par les preneurs de verser le sixième des fruits annuels à la recette de la seigneurie. Le marquis de La Rochette mourut en 1764, et le chapitre lui succéda dans la jouissance des deux tiers du revenu, et s'en fit remettre les titres. De son côté, le 22 février 1754, devant Cotard, notaire à La Tremblade, « Henry-Joseph-Claude de Bourdeilles, prêtre, vicaire général du diocèse de Périgueux, « abbé cardinal » de l'abbaye de la très sainte Trinité de Vendôme, ordre de Saint-Benoît, congrégation de Saint-Maur, demeurant à Périgueux, dans le palais épiscopal, paroisse de Saint-Front, représenté par Jean-Joseph Boylève, prêtre, curé de Saint-Georges dans l'isle d'Oleron, « donne à ferme le prieuré de Saint-Georges à Pierre Blavoux et à sa femme, Marie-Anne-Radegonde Bourgine, moyennant 10,000 livres, prix annuel, et 50 louis de 24 livres pour pot-de-vin. Ce bail, est-il dit, prendra fin à la même époque que celui consenti à Blavoux par le chevalier de La Rochette. » Ce bail fut renouvelé en 1783 pour 13,000 livres. En 1768, nous voyons pour la première fois le chapitre de Tours faire acte de propriétaire. Il nomme et choisit un habitant de la paroisse de Saint-Vincent de Tours, Charles-Vincent-Georget de La Violière, sieur de La Marinière, pour intendant et régisseur du prieuré de Saint-Georges en l'isle d'Oleron, « uni à perpétuité à notre mense capitulaire pour les deux tiers, l'autre appartenant à l'abbaye de la Sainte-Trinité de Vendôme. » Cet état de choses dura jusqu'à la révolution, Mgr de Bourdeilles n'étant mort qu'en 1802. Mais les propriétaires ne vécurent point en paix. Un long mémoire de 74 pages in-4º fut rédigé en 1784 pour l'abbé de Vendôme, par M. de Vaucresson, avocat général. (Voir *Petites notes à propos des* Études historiques et religieuses sur l'île d'Oleron, par M.

deliberatione prehabita diligenti, quilibet nostrum in scriptis presentibus confitemur nos dedisse iamdiu, et concessisse
penitus, et adhuc damus et concedimus, sana mente, Deo
patri et glorissime Lacrime Christi, et sancte Trinitatis monasterio memorato, et prioratui suo Monasterii novi, prope-
sanctum Anianum [1], Xantonensis dyocesis, nos et quemlibet
nostrum, corpore et anima, et omnia bona nostra tam mobilia
quam immobilia, presencia et futura, nomina et jura nostra ubicumque sint, et quocumque nomine senceantur. Habenda omnia predicta, ac perpetuo pacifice possidenda, cum
pleno iure possessionis et proprietatis, a dicti monasterii
vindocinensis monachis, et possessoribus et successoribus
eorumdem. Ita tamen quod nobis, aut nostrum cuilibet,
non possit esse de cetero locus penitencie vel ingratitudinis
in hac parte, promittentes, et quilibet nostrum, nos non revocaturos in posterum hanc predictam donacionem nostram, ob aliquam causam ingratitudinis tacite vel expresse.
Nos tamen Aleaydis, Gauffridus et Theophania predicti, debemus omnia bona quieta indeteriorata tenere, quamdiu
vixerimus, et pacifice possidere, et facere fructus nostros,
non tamen quasi dominus aut domina, sed ut custos fide-

---

Louis Audiat, dans *Bulletin religieux*, 1867-68, page 365 et suivantes). La
cure de Saint-Georges d'Oleron relevait aussi de l'abbaye de Vendôme, et
produisait 1,500 livres de revenus. Son dernier titulaire est Elie Gaboriau
(1777). C'est aujourd'hui une paroisse de 6,000 habitants et une cure de
seconde classe, du canton et doyenné de Saint-Pierre. Les dons qui font
l'objet des trois chartes que nous publions, prouveraient que la dévotion en-
vers la « sainte Larme » était pratiquée, même chez les membres dépendant
de la dite abbaye.                                                    A. L.

1. Ce « monasterii novi prope Sanctum Anianum » est Montierneuf, près
Saint-Aignan, prieuré conventuel dédié au Saint-Sauveur ou à la Sainte-Trinité ; d'un revenu, en dernier lieu de 7,000 livres, et dont le dernier titulaire est dom Busseret, de l'ordre de Saint-Benoît (1775). Saint-Aignan, aujourd'hui chef-lieu de canton, sous le vocable de saint Saturnin, relevait de
l'abbé de Vendôme. Les revenus de sa cure s'élevaient à 1,400 livres. Le
dernier titulaire fut J.-B. Cannoué (1783). Des constructions du prieuré il
ne reste plus de remarquable qu'une fuie du XVI° siècle.

lissimus, a dictis monachis et prioribus deputatus, ut inde vite nostre necessaria capiamus, et habeamus prout equum fuerit et honestum. Que vero bona cum pauca sint tenemur et promittimus, quilibet nostrum, simul et honorem et utilitatem monasterii memorati, omniumque membrorum ejus, servare fideliter et honeste, et prout melius poterimus augmentare, volentes et consentientes, quilibet nostrum, ut post obitum cujuslibet nostrum, cuncta bona sic ab eo data, viri religiosi, prior et monachi prioratus Monasterii novi predicti, qui pro tempore fuerint, nomine dicti monasterii sui vindocinensis, et prioratus sui predicti, capiant et habeant tanquam sua, ecclesiastico dominio, vel seculari nullatenus requisito. Juravimus etiam nos, et quilibet nostrum, super sancta Dei evangelia, sponte nostra, nos universa et singula que prescripta sunt, inviolabiliter observare, et in contrarium amodo per nos, aut per alium non venire. In cujus rei testimonium et memoriam supradictis monasterio et prioratui, presentes damus litteras, bona fide, quas sigillo venerabili viri domini Petri Vigerii, Dei gratia Xantonensis archidiaconi, precibus nostris intuentibus, fecimus sigillari. Nos autem dictus Petrus archidiaconus, ad supplicationem precum predictarum, impressionne sigilli nostri, presentes communivimus litteras, ad majus testimonium premissorum. Datum mense marcii, anno Domini millesimo ducentesimo septuagesimo quinto.

## II

*1282, 1er juillet.* — « Donation des moulins de mer en Oleron, faitte par M° Barthélemy, au prieuré de Saint-Nicolas d'Oleron » 1. — *Ibidem. Sceau sur lacs en soie verte, perdu.*

Universis Christi fidelibus presentes litteras inspecturis,

---

1. Titre inscrit au dos de la charte. Plus bas on lit: « Carta molendinorum marinorum prioratus sancti Nicholai de Olerone. »
Voici le résumé officiel de cette charte : « Mgr Bartholomeus Anglicus cle-

magister Bartholomeus Anglicus de Exonia clericus, et Johanna Chezaga uxor ejus, de castro Oleronis [1], Xantonensis dyocesis, salutem in eo qui salutem desiderat animarum. Quoniam hominum statuta mortalium, quam cicius a memoria laberentur, nisi vocibus testium aut litterarum testimonio firmarentur, presentium ideo serie litterarum, tam presentibus quam futuris, optamus lucidius aperire, quod nos cordetenus attendentes bonorum magnitudinem spiritualium, que fiunt semper et fient in sancte Trinitatis Vindocinensis monasterio, tam in capite quam in membris, bonorum ipsorum cordis affectu nimis participes fieri cupientes, non coati, non seducti, nec vi, nec metu, nec dolo ducti, sed voluntate spontanea, nec non deliberatione prehabita diligenti. In scriptis presentibus confitemur nos dedisse perpetualiter, et etiam penitus concessisse, et adhuc damus, et concedimus, sana mente, in puram et perpetuam helemosinam, animarum pro salute nostrarum, et omnium parentum nostrorum defunctorum, Deo patri et glorisissime Lacrime Christi, et Sancte Trinitatis monasterio memorato, nec non prioratui suo beati Nicolay de Olerone [2], molendina nostra marina, cum omnibus pertinenciis suis, que molendina de Abbaysse-Orgueil vulgariter nuncupantur, et sita

---

ricus et Cheza uxor ejus de castro Olerone ex Exonia dant in insula Oleronis molendina marina prioratus S. Nicolaj de Insula monasterio Vindocinensi, sic. Damus et concedimus sana mente, etc. Deo patri et gloriosissimæ Lacrymæ Xristi et S. Trinitatis monasterio de Vindocino, nec non prioratui S. Nicolaj de Olerone molendina nostra, quam donacionem confirmari et sigillari fecerat per G. episcopum Xantonensem. » *Bibl. nat., fonds latin 13,820.*

1. Le Château d'Oléron, aujourd'hui chef-lieu de canton comprenant les communes de Dolus et de Saint–Trojan. Le curé y a le titre de doyen. L'église du lieu est placée sous le vocable de la « bienheureuse Marie ». Elle relevait autrefois de l'abbaye de Vendôme. La cure produisait à son titulaire 3,500 livres. Le dernier curé est Jean Sazerac (1784). Par « bourg » d'Oléron il faut toujours entendre la ville du Château.

2. En la paroisse de Saint-Denis. Le dernier prieur a été Alexandre-Auguste de La Roche Saint-André (1789). D'après le pouillé de Bonnerot, ce prieuré rapportait 1,000 livres à son titulaire.

sunt in Oleronem, inter ipsum prioratum ex una parte, et forestàm et burgum de Avallia [1] ex altera, habenda tenenda ipsa molendina, cum omnibus pertinenciis suis, perpetualiter et pacifice possidenda, cum pleno jure possessionis et proprietatis, post obitum nostrum, a dicti prioratus monachis, et possessoribus atque successoribus eorumdum, et ad faciendum inde sue beneplacitum voluntatis. Ita tamen quod nobis aut nostrum cuilibet, non possit esse de cetero locus penitentiæ vel ingratitudinis in hac parte. Promittentes fideliter et quilibet nostrum, nos non revocaturos in posterum has predictas donacionem et concessionem, ob aliquam causam ingratitudinis tacité vel expresse. Nos tamen predicti conjuges tenebimur et debemus dicta molendina, cum pertinenciis suis, in bono statu tenere quamdiu vixerimus et pacifice possidere et facere fructus nostros. Volumus autem et concedimus, ut post obitum nostrum, prior et possessores dicti prioratus, qui pro tempore fuerint, nomine prioratus eiusdem et monasterii supradicti, nec non virtute donacionis et concessionis hujusmodi, dicta molendina, cum pertinenciis suis, apprehendant percipiant et habeant tanquam sua, ecclesiastico dominio vel etiam seculari seu quolibet alio successorum, heredum venturorum nullatenus requisito. Emimus enim possessionem et proprietatem quod et quatenus in dictis molendinis, cum pertinenciis suis habemus aut habere possumus, et debemus, in ipsum ex tunc conferimus prioratum, nichil juris possessionis aut proprietatis in ipsis molendinis, cum pertinenciis suis, ex tunc nobis, aut heredibus, successoribusque nostris, amplius retinentes. Molendina vero predicta, cum per-

---

1. Dans la commune de Dolus. Petit village qui a donné aussi son nom à un marais doux, nature terre et pré, d'une contenance de 20 hectares. La grande distance qui sépare Avail du prieuré de Saint-Nicolas ne permet pas de préciser l'emplacement du moulin « de mer », appelé, d'après nos chartes, les moulins « Abbaysse-Orgueil ».

tinenciis suis, heredes nostri, et bonorum nostrorum, et possessores quos deputamus et relinquimus obligatos dicto prioratui, successoribusque suis, ab omni impetitore, perturbatore, molestatore et ingetatore guarire et defendere perpetuo tenebuntur, prout scripti dictavit ordo juris. Ad hoc enim eidem prioratui, secus ejusdem possessoribus generaliter obligamus omnia bona nostra, tam presentia quam futura. Renunciantes expresse nos conjuges superius nominati omni alii donacioni vel ordinacioni, quam possemus amodo facere de premissis, et omnibus exceptionibus, et rationibus per quas unquam nos, aut heredes nostri, possemus amodo super his in aliquo relevari. Ad majorem autem certitudinem premissorum, juravimus super sancta Dei evangelia, sponte nostra nos aliqua ratione per nos aut per alium contra tenorem presentium de cetero non venturos. Ut autem hujusmodi donacio nostra munimen certitudinis et robur obtineat firmitatis, sigillo reverendi patris in Xristo domini G.,Dei gratia Xantonensis episcopi[1], presentes litteras, precibus nostris intervenientibus, fecimus roborari. Nos vero dictus G. episcopus dictorum B. et J. conjugum, in hac parte precibus annuentes, sigillum nostrum litteris presentibus apposuimus, in testimonium veritatis, salvo jure nostro et alieno; dictos vero coniuges, ad omnia premissa et singula, firmiter atque fideliter observanda ex assensu suo spiritualiter condempnantes. Actum et datum Xantoni, die mercurii, post festum apostolorum Petri et Pauli, anno Domini millesimo ducentesimo octogesimo secundo.

---

1. Geoffroy de Saint-Briçon, évêque de Saintes, 1281-1284.

## III

*1322, 26 janvier.* — « Donation, par Jean Pepin et Jeanne Forêt, son épouse, de leurs propres personnes, au prieur de Montierneuf, en l'honneur de la sainte Larme » [1]. — *Sceau en cire rouge sur double queue en parchemin.*

Universis presentes Christi fidelibus litteras inspecturis, Iohannes Pepini, alias dictus Piard, et Iohanna Foresta, ejus uxor, parochiani Monasterii novi, salutem in eo qui salutem desiderat animarum. Quoniam hominum statuta mortalium, que a memoria laberentur, quin litterarum testimonio firmarentur, presencium ideo serie litterarum, universis volumus fieri manifestum, quod nos Iohannes et Iohanna conjuges predicti, bonorum magnitudinem spiritualium cordetenus attendentes, qui fiunt semper et fient in Sancte Trinitatis monasterio Vindocinensi, simul et in omnibus membris ejus, cordis immo bonorum ipsorum participes fieri cupientes, non coacti, non seducti, nec vi, nec metu, nec dolo ducti, sed voluntate spontanea, et deliberacione prehabita diligenti, quilibet nostrum in scriptis presentibus confitemur, nos dedisse et concessisse penitus, in manu fratris Iohannis Border, nepotis Iacobi, venerabilis prioris prioratus Monasterii novi, quatuor anni sunt elapsi, et adhuc in hiis scriptis damus et concedimus, sana mente, Deo patri, et glorissime lacryme Christi, et Sancte Trinitatis monasterio memorato, et predicto prioratui suo Monasterii noui, prope Sanctum Anianum, Xantonensis dyocesis, nos

---

1. Titre inscrit au dos de la charte. — En voici le résumé officiel :
« Donatio Johannis Pepin alias Piardi et uxoris ejus Johanna Foresta parochianorum noui monasterii prope S. Anianum diocesis Xantonensis, qua se et sua donant Deo et gloriosissimæ Lacrymæ Christi et S. Trinitatis monasterio et prioratuj Monasterii novi, eisdem verbis continetur ac precedens et sigillo archidiaconi Xantonensis munita anno 1322.» *Bibl. nat. F. l. 13, 820.*

et quemlibet nostrum, corpore et anima, et omnia bona
nostra tam mobilia quam immobilia, presencia et futura,
nomina et jura nostra, ubicumque sint, et quocumque nomine censeantur, habenda omnia predicta ac perpetuo et
pacifice possidenda, cum pleno jure possessionis et proprietatis, a dicti monasterii Vindocinensis monachis et fratribus,
et successoribus eorumdem; ita tamen quod nobis, aut nostrum cuilibet, non possit esse de cetero locus penitencie vel
ingratitudinis in hac parte, promittentes quilibet nostrum,
nos non revocaturos in posterum, hanc predictam donacionem nostram, ob aliquam causam ingratitudinis tacite vel
expresse, nos tamen Iohannes et Iohanna conjuges predicti,
debemus omnia bona predicta indeteriorata tenere, quamdiu vixerimus, et pacifice possidere, et facere fructus nostros,
non tamen quasi dominus vel domina, sed ut custos fide-
lissimus, a dictis monachis et fratribus deputatus, ut inde
vite nostre necessaria capiamus et habeamus, prout equum
fuerit et honestum. Que vero bona cum pauca sint, tenemus
et promittimus quilibet nostrum, simul et honorem et utilitatem monasterii memorati, omniumque membrorum ejus,
servare fideliter et honeste, prout melius poterimus augmentare, volentes et consencientes, quilibet nostrum, et post
obitum cuislibet nostrum, cuncta bona sic a nobis data, viri
religiosi, prior et monachi prioratus Monasterii noui predicti, que pro tempore fuerint, nomine dicti monasterii sui
Vindocini, et prioratus sui predicti, capiant et habeant tanquam sua, ecclesiastico dominio vel seculari nullatenus
requisito. Juramus etiam nos et quilibet nostrum, super
sancta Dei evangelia, sponte nostra, nos universa et singula
que prescripta sunt inviolabiliter observare, et in contrarium
a modo per nos aut per alium non venire. In cujus rei testimonium et memoriam, supradictis monasterio et prioratui
presentes damus litteras, bona fide, quas sigillo venerabilis
viri domini Arnaldi, Dei gratia Xanctonensis archidiaconi,
precibus nostris intuentibus, fecimus sigillari. Nos autem

dictus archidiaconus, ad supplicationem precum predictarum impressione sigilli nostri, presentes litteras communiuimus, ad maius testimonium premissorum. Actum et datum, testibus presentibus ad hoc vocatis et requisitis, Nicholao de Langre, Johanne de Caysse, Guillelmo et Johanne Geraldi carpentariis, Petro Pachim, filio Michaelis Pachim, Petro Mainardi, Guillelmo de Boylay, et Stephano Teobaldi presbytero, qui audivit confessionem, die martis ante festum purificationis beate Marie, anno Domini mo ccco vicesimo secundo.

Stephanus Theobaldi presbiter ly (littere) auctor.

www.ingramcontent.com/pod-product-compliance
Lightning Source LLC
Chambersburg PA
CBHW061437170626
46811CB00005B/2305